BONJOUR, BONSOIR

LE RIDEAU

Souvenirs des Banquets de la Conférence des Avocats.

(5 janvier 1869 — 2 février 1870)

AIX

TYPOGRAPHIE REMONDET-AUBIN

Sur le Cours, 53

—

1870

BONJOUR, BONSOIR

LE RIDEAU

Souvenirs des Banquets de la Conférence des Avocats.

(5 janvier 1869 — 2 février 1870)

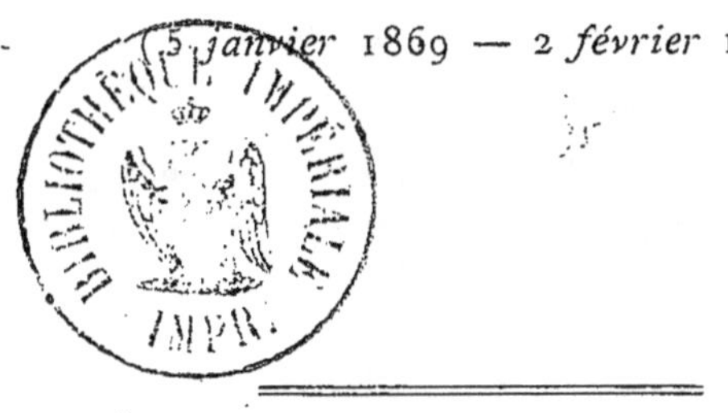

AIX

TYPOGRAPHIE REMONDET-AUBIN

Sur le Cours, 53

1870

Je voudrais pouvoir — en imprimant ces vers — noter l'intonation de chaque Bonjour *et de chaque* Bonsoir. *— Le succès obtenu par ces rimes est dû tout entier à cette circonstance qu'elles ont été débitées — avec une certaine vivacité — à la suite d'un banquet confraternel. — Telle poésie qui a paru brillante à l'audition pâlit à la lecture. — Ne voulant rien perdre du bienveillant accueil fait à celles-ci, j'hésitais à les livrer à l'impression. J'ai dû céder devant les nombreuses et amicales demandes de mes confrères. Je les offre donc — non au public — mais à ceux qui les ont entendues. Si quelque chose, aujourd'hui, leur paraît défectueux, ils voudront bien retourner à l'impression première et lire, eux-mêmes, à haute voix. Enrichis par cette lecture, ces vers retrouveront alors, je l'espère, le succès du premier jour.*

BONJOUR, BONSOIR

BONJOUR, BONSOIR

Mes bons amis, pendant que nous sommes à table,

Buvons, chantons, rions. — Renvoyons à demain

— Même au delà — tout noir souci qui nous accable.

Soyons tous à nous tous un bon verre à la main.

— Les toasts sont terminés. — Le moment est propice.

Si vous voulez, chacun va conter à son tour.

Je paye le premier, — et vous dis sans malice :

       Bonjour !

Vous le voyez, j'emprunte aux dieux leur doux langage.

— Que voulez-vous, Messieurs, on rime quelquefois.

Qui sait? Peut-être un jour, vieilli, courbé par l'âge,

Il fera bon revoir ces rimes d'autrefois.

Auront-elles ce soir le bonheur de vous plaire?

Espérons-le. — Si je me trompe en mon espoir

Un mot de vous, un seul, pourra me faire taire ;

       Bonsoir !

Bonjour, bonsoir. Parbleu ces deux mots sont magiques.

Nos lèvres, chaque jour, les prononcent vingt fois,

Sans savoir seulement les choses énergiques

Qu'ils expriment souvent et qu'ils cachent parfois.

— Je ne méconnais pas qu'aujourd'hui dans l'usage

Adieu se place aussi. — Mais je dis sans détour

Que j'aime cent fois mieux mon vieux, mon bon langage :

Bonjour !

Mais ne confondez pas. A chacun d'eux son temple.

On ne dit pas autour quand on dit alentour.

De même, c'est prouvé par maint et maint exemple,

On ne dit pas bonsoir lorsque l'on dit bonjour.

— Ne trembleriez-vous pas, si quand chacun sommeille,

Tout à coup, près de vous, vous entendiez, le soir,

Une voix de brigand vous glisser à l'oreille :

Bonsoir !

Si dans mon cabinet un bon client arrive,

Si, de son exposé, mon esprit est content,

Si, des flancs du dossier, ma main très attentive

Peut surtout exhumer le meilleur argument,

J'écoute — ou fais semblant — j'approuve, je m'incline,

Puis quand il va partir, désirant son retour,

Je l'accompagne et dis, prenant ma voix câline :

        Bonjour !

Si, perdant le procès, il revient à la charge,

S'il met par cent questions mon esprit à l'envers,

De ma mauvaise humeur sur lui je me décharge,

J'enrage — querellant à tort et à travers.

Je maudis le palais, la colère m'emporte,

Et je lui crie avec l'accent du désespoir,

Pendant que tout confus il regagne la porte :

        Bonsoir !

Quand je vois par hasard une blonde fillette,

Il me semble être encore à l'âge de vingt ans.

Je la guette, la suis. — Elle fait la coquette

Dédaignant les maris et les vieux courtisans.

— Je l'arrête au passage et ne sais plus que dire.

Je cherche, sans trouver, le langage d'amour.

Un mot lui dit pourtant tout ce que je désire :

Bonjour !

Une vieille beauté rend mon humeur grondeuse.

Elle a beau déployer ses grâces et ses airs.

Je ne veux pas sortir de ma mine boudeuse ;

Je suis distrait, je marche et chante de vieux airs.

Puisqu'elle ne voit pas que tout ceci me lasse,

Puisqu'elle ne part pas et persiste à s'asseoir,

Depuis un bon moment je lui dis à voix basse :

Bonsoir !

A table, on le prétend, je fais bonne figure.

Je sais apprécier les bons vins, les bons plats.

— Un dîner délicat est la meilleure cure,

S'il est accompagné par le rire aux éclats. —

Aussi, dès qu'au dessert apparaît le champagne,

Je tends ma coupe, emplis et vide tour à tour.

— Nous voilà gais — Battons ensemble la campagne :

Bonjour !

— Que vois-je, cher voisin, vous osez dans mon verre

A cette heure verser tout un grand flacon d'eau.

Vous voulez donc demain me voir porter en terre

Et dans mon testament trouver quelque cadeau.

— Après un bon dîner il ne faut pour tisane

Que du champagne. — Allons, tentateur, plus d'espoir.

La rougeur de mon nez avec votre eau se fane.

Bonsoir !

Vous, qui jeunes encor venez à cette fête,

Tout est à vous. — A vous la jeunesse et ses biens,

Le présent, l'avenir. — Votre œuvre est toute faite

Si vous prenez le pas marqué par vos anciens.

— Voyez-les ces anciens qu'on loue et qu'on admire.

Les voilà près de vous réunis en ce jour.

Ils viennent chaque année en ce banquet vous dire :

Bonjour !

Vous vieillirez aussi, c'est une loi commune

Que nous subissons tous presque sans le savoir.

— Vous pouvez conjurer cette triste fortune.

Venez à ce banquet tous les ans vous asseoir.

— On se retrempe à table, on revit, c'est sensible,

Et bien que l'on soit sûr en haut de se revoir,

Il vaut mieux renvoyer au plus lointain possible :

Bonsoir !

VARIANTE

DU DERNIER COUPLET.

(La mère en défendra la lecture à sa fille.)

Vous vieillirez aussi, c'est une loi commune
Que nous subissons tous presque sans le savoir.
— Vous pouvez conjurer cette triste fortune.
Venez à ce banquet tous les ans vous asseoir.
On se retrempe à table, on revit sur mon âme,
Et vous n'aurez vieilli que lorsque, quelque soir,
Après de vains efforts vous direz à Madame :

Bonsoir !

LE RIDEAU

LE RIDEAU

Sur le rideau de sa voisine
Musset a fait une chanson.
Aujourd'hui ma muse imagine
De chanter celui de Fanchon.
Je dis Fanchon comme toute autre ;
Fanchon est un nom de rondeau.
Et maintenant, en bon apôtre,
Ouvrons ou fermons le rideau.

Je l'aperçois de ma fenêtre
Ce petit rideau si coquet,
Je l'atteindrais même peut-être,
S'il ne flottait tout guilleret.
Il vient, il va, le vent le pousse,
Ce n'est bientôt plus qu'un lambeau.
Il faudrait, avant la secousse,
Ouvrir ou fermer le rideau.

·Fanchon m'entend, elle regarde ;

— Ne craignez rien, mon beau voisin,

Le bon Dieu, dit-elle, le garde,

Il résistera ce matin. —

— Mais cependant, chère voisine,

Je crois voir un trou tout en haut,

Et bien qu'à peine on le devine,

Ouvrez ou fermez le rideau. —

— Non, répond à son tour la belle,

Le vent pousse sans déchirer,

Il n'est pas d'humeur si cruelle,

Ce n'est pas un vent à crier ! —

— Il serait assez fort, voisine,

Pour apporter sur votre peau,

Un baiser d'une ardeur coquine ;

Ouvrez ou fermez le rideau. —

A ces mots, fermant la fenêtre,
Fanchon met fin à mon discours.
Voudra-t-elle encore paraître ?
Je suis là ; je l'attends toujours.
Je veux excuser ma sottise
En lui redisant de nouveau :
— Allons, voisine, à votre guise,
Ouvrez ou fermez le rideau.

Mais je vois deux formes humaines
Au fond de sa chambre là-bas.
J'entends les baisers par douzaines,
On s'embrasse, on ne parle pas.
Me voilà tombé sur ma chaise !
— Allons, je ne suis qu'un lourdaud,
Laissons l'autre tout à son aise,
Ouvrir ou fermer le rideau.